D1327167

Y'a pas de place chez nous

ANDRÉE POULIN
ENZO LORD MARIANO

À la famille Al Salman, qui a trouvé de la place chez nous…
et dans mon cœur…
A. P.

À mes grands-parents italiens,
qui ont eu la chance de ne pas arriver en bateau
et pour qui il y avait de la place chez nous…
E. L. M.

QuébecAmérique

OXFAM
Québec

Oxfam-Québec travaille auprès des réfugiés et populations déplacées en Afrique, au Moyen-Orient et en Asie. Oxfam-Québec accorde son soutien à la publication de ce livre car le thème abordé s'harmonise avec son objectif de sensibiliser les jeunes aux enjeux de la solidarité.

Projet dirigé par Stéphanie Durand, éditrice

Conception graphique : Nathalie Caron
Révision linguistique : Sophie Sainte-Marie
Illustrations : Enzo Lord Mariano

Québec Amérique
329, rue de la Commune Ouest, 3e étage
Montréal (Québec) Canada H2Y 2E1
Téléphone : 514 499-3000, télécopieur : 514 499-3010

Nous reconnaissons l'aide financière du gouvernement du Canada par l'entremise du Fonds du livre du Canada pour nos activités d'édition.

Nous remercions le Conseil des arts du Canada de son soutien. L'an dernier, le Conseil a investi 157 millions de dollars pour mettre de l'art dans la vie des Canadiennes et des Canadiens de tout le pays.

Nous tenons également à remercier la SODEC pour son appui financier. Gouvernement du Québec – Programme de crédit d'impôt pour l'édition de livres – Gestion SODEC.

Canada

Conseil des arts Canada Council
du Canada for the Arts

SODEC
Québec

Catalogage avant publication de Bibliothèque et Archives nationales du Québec et Bibliothèque et Archives Canada

Poulin, Andrée
Y'a pas de place chez nous
Pour les jeunes.
ISBN 978-2-7644-3174-0 (Version imprimée)
ISBN 978-2-7644-3175-7 (PDF)
ISBN 978-2-7644-3176-4 (ePub)
I. Enzo. II. Titre.
PS8581.O837Y2 2016   jC843'.54   C2016-940727-6
PS9581.O837Y2 2016

Dépôt légal, Bibliothèque et Archives nationales du Québec, 2016
Dépôt légal, Bibliothèque et Archives du Canada, 2016

Tous droits de traduction, de reproduction et d'adaptation réservés

© Éditions Québec Amérique inc., 2016.
quebec-amerique.com

Imprimé en Malaisie

Les enfants pleurent tout le temps.

Les parents ont peur.

Les vieux ne dorment plus.

Il y a trop de bombes
et trop de sang.

Les familles n'ont plus le choix.

Elles doivent quitter leur maison.

Leur ville.

Leur pays.

Dans le bateau,
Marwan et Tarek grelottent.

Les deux frères sont désormais
des sans-pays.

Les sans-pays rament et rament.
Loin et longtemps.
Ils rament et rament.
Longtemps et loin.

Le bateau s'approche d'une île.

Sur la rive, les gens crient :
— Y'a pas de place chez nous !

Le bateau s'approche d'une autre île.

— À l'aide ! crient les sans-pays.

— ...

— C'est la guerre chez nous.
Est-ce qu'on peut s'installer
chez vous ?

— ...

— On va travailler très fort.

— ...

— On n'a plus rien à manger.

— ...

Tarek demande à son grand frère :
— Pourquoi les gens ne nous répondent-ils pas ?
Marwan hausse les épaules et dit :
— Peut-être qu'ils sont tous sourds...

Les sans-pays s'approchent ensuite d'un port.
Un homme hurle dans le mégaphone :

— Vous êtes trop nombreux !
Y'a pas de place chez nous.
On peut prendre deux personnes.
Pas une de plus.

Les sans-pays continuent de ramer.

Malgré la faim.

Malgré la soif.

Au bout de deux jours, ils aperçoivent au loin une belle grande île.

Un énorme yacht fonce à toute vitesse vers le bateau.

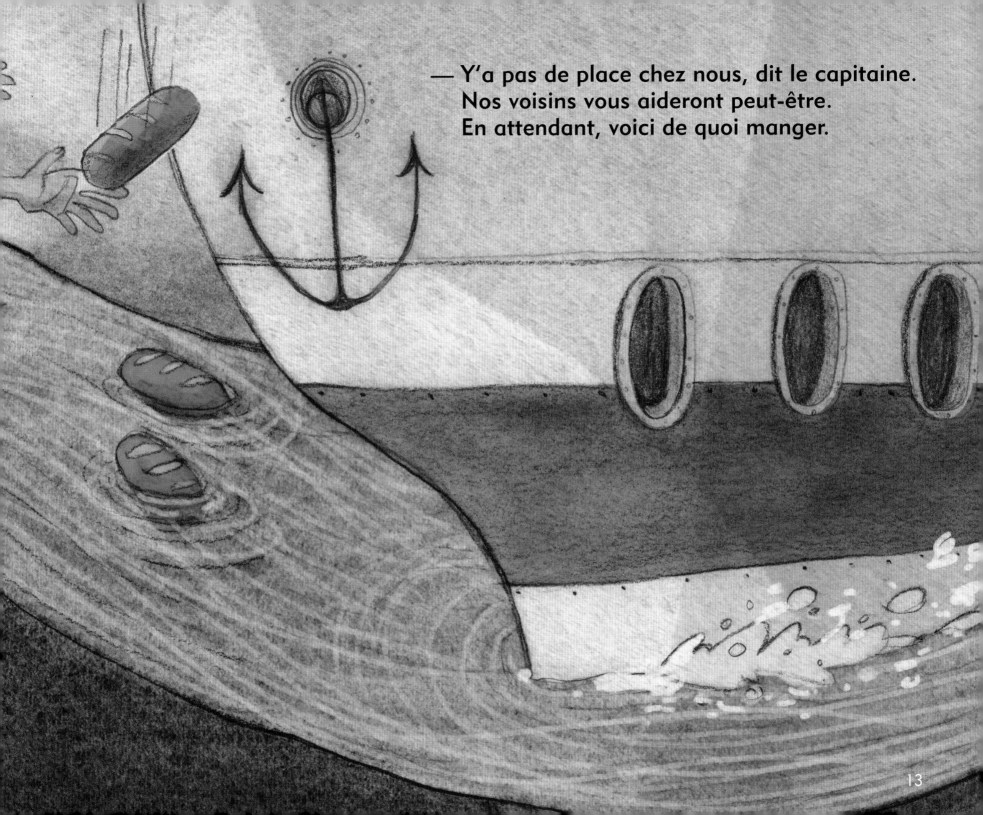

— Y'a pas de place chez nous, dit le capitaine.
Nos voisins vous aideront peut-être.
En attendant, voici de quoi manger.

17

Après avoir ramé toute la journée, les sans-pays aperçoivent une longue bande de terre, parsemée de cerisiers en fleurs. Une femme s'avance sur la grève et dit timidement :

— J'ai une petite maison, mais on pourrait s'y entasser...

Les voisins s'écrient :

— Tais-toi ! T'es folle ! Pense à nos enfants !

Le président de l'île prend une voix
solennelle. Sa déclaration tombe
comme un couperet :

— Y'a pas de place chez nous. Mais voici tout de même quelques objets pour vous aider…

Découragés, les sans-pays repartent en mer.

Une tempête a fait dériver le bateau
tout près d'une île.

Tout près…

Si près…

Si près que les sans-pays entendent
les conversations des habitants sur la rive.

Une mère de famille murmure :
— Ces gens-là ne s'habillent pas comme nous.

Sa voisine rétorque :
— Ces gens-là ne parlent pas comme nous.

Un vieillard déclare :
— Ces gens-là ont l'air dangereux.

Un garçon dit :
— Ils sont vraiment sales. Ils doivent puer…

Tous, petits et grands,
jeunes et vieux,
déclarent à l'unisson :
— Y'a pas de place chez nous !

Tarek demande à son grand frère :

— Est-ce qu'on pue ?

— Dans notre nouveau pays, il y aura
de l'eau. Pour boire et pour nous laver.
Dans notre nouveau pays,
nous ne puerons plus, répond Marwan.

D'une voix tremblante, Tarek demande :

— Arrivons-nous bientôt
dans notre nouveau pays ?

Marwan fait semblant d'être sourd à son tour.

Dans le bateau, le silence règne.

On n'entend que le clapotis des vagues.

Les adultes ont tellement faim
qu'ils n'ont plus de force pour crier.

Les enfants ont tellement soif
qu'ils n'ont plus de larmes pour pleurer.

Les sans-pays sont sans espoir.

Le bateau dérive lentement vers une petite île.
Une femme sourit à Marwan et Tarek.
— Y'a pas vraiment de place chez nous,
mais on va s'arranger, dit-elle.

— On va trouver de
la place, réplique
un homme.

— Venez ! Venez !
crient les enfants.

— Marwan, est-ce que nous sommes vraiment vraiment arrivés dans notre nouveau pays ? demande Tarek.

— Oui. Finalement. Nous aurons bientôt un chez-nous, murmure le grand frère.

Pour la première fois depuis très longtemps,
Marwan et Tarek sourient.

— Est-ce que je pue ?
demande Tarek.

La petite fille sourit et lui dit :

— Un peu, oui.
Mais pas pour longtemps.